antje aber

himmlischer regenbogen
ja wo denn sonst?

gedichte

Impressum:

© 2020 Antje Aber

Autorin: Antje Aber
Umschlaggestaltung: Antje Aber
Korrektur: Lektoren Netzwerk

Verlag und Druck:
tredition GmbH, Halenreie 40-44, 22359 Hamburg

ISBN: 978-3-347-05936-8

Das Werk einschließlich seiner Teile ist urheberrechtlich geschützt

Kontakt: antje.aber@gmail.com

dieses Buch ist meiner

Familie gewidmet

mühsam
ein Gedicht mir
abgerungen
nicht schön
nicht klug
aber ehrlich

Schreiben

wir hüpfen auf der
Phantasiematratze

hungrig

schreibe ich mir ein
Büfett zusammen

erdichte Winzigkeiten und
verwische sie mit einer Serviette

korrigiere die Reime mit
fettigen Fingern

schneide den Rhythmus und
erhelle die Zeilen
mit der Flamme einer Kerze

doch ach
niemand hört mir zu

darum lese ich meine Delikatessen
den halbvollen Gläsern vor

und erfinde stehende Ovationen von den
abwesenden Gästen

Literatur

wir produzieren
Poesie auf Vorrat

schreibend
teilen wir unsere Phantasien
schreiten von Thema zu Thema
quälen die Logik
und murren mit der
Romantik

jede Menge
Stifterfahrung
und endlich
stammeln
in den Lesephasen

emotional
und Normal
das reimt sich ja

Wortreich

ich tauche den Kopf hinein in den Trog
Ohren, Augen, Mund
voll von Worten.

Ich speie sie auf das Papier
sehe erstaunt zu, wie sie ihren Platz finden
ganz von allein.

Da, ein kleines zappelndes Wort
ich nehme es behutsam mit dem Fingern und
lege es sanft
an die richtige Stelle.

Immer wieder gerne gelesen

Schwarze Gefühle
Liebesalarm
Blutender Zufall
Küssen im Dunkeln
Lauter Taumel
Für neun Euro siebzig
Happy verführt

mein Gedicht

mein Gedicht räkelt sich in
schwarzer Bettwäsche
und schweigt in den Pausen

mein Gedicht pisst an Wände
flüstert feige, flucht laut,
atmet zornig und
liebt immer mal wieder

mein Gedicht stinkt und singt und
ringt mit der Form

mein Gedicht feiert sich selbst
und vergeht

abwärts war gestern

immer wieder neu
der Strudel im Putzeimer
während ich Gedichte wasche

immer wieder neu
Unken und Schenken

heute wieder neu
mein Tagesgedicht

abwärts war gestern.

Schreibgericht

an diesem geplatzten Ort
wollen wir
Worte essen
Verse saufen
doch bleiben wir durstig
werden einfach nicht satt

Schreiben (Pantun)

Ach, ich schrieb so gern was Tiefes
Doch das krieg ich heut nicht hin
Ach, ich schrieb so gern was Schiefes
Aus den Zeilen tropft kein Sinn

Doch das krieg ich heut nicht hin
Lust und Schmerzen, das wär´ klug
Aus den Zeilen tropft kein Sinn
Nun ist´s aber doch genug

Lust und Schmerzen, das wär´ klug
Schluss mit Nörgeln, Jammern, Klagen
Nun ist´s aber doch genug
Geh´ lieber raus und Winde jagen

Schluss mit Nörgeln, Jammern, Klagen
Ach, ich schrieb so gern was Schiefes
Geh´ lieber raus und Winde jagen
Ach, ich schrieb so gern was Tiefes

Tatsachen

in meinem neuen Roman tanzt
der Neid mit der Gärtnerin
ihre Sehnsucht kühlt
sich in Ausnahmen und Vorwürfen
dunkel schimmert der
Teich ihrer Pflichten und
sie badet im Schlamm
der Unbeständigkeit

Whow!
welch ein Plot!
Doch eine kleine Liebe ist
besser als keine?
Oder?

mail mal wieder

mein Engel
fordert mich zum
Schreibkampf

wir rezitieren Zorngedichte und
singen Drecksonaten
Streitsonette
im Schreibsturz
Nachtgeburten auf das
schwarze Papier
Trostverse auf den
Trotzgesang

doch
Buchschwamm – drüber!
hat´s nicht gebracht.

Das Publikum (ist eine Kuh)

Hinterm Vorhang
husten Betten
und die Nacht frisst
Lippenstifte

Das Publikum schläft

Eine Kuh hat sich beschwert
blühende Milch
gähnend murrt der Spiegel

Das Publikum schnarcht

Morphium lächelnd
ein müder Mond
Brustentzündung,
dann und wann

Das Publikum klatscht
lass uns Reklamationen melken

Musik + Stille

ich atme Musik
beim Wolkenschleppen

du und ich

wir lauschen der Verführung
unseres Orchesters
fallen gemeinsam zur
Sehnsuchtsmusik
deine schönen Finger
ach und
süßes Wanken, wenn
unsere Augen einander umarmen
immer wieder ein neues Spiel
wenn dein roter Chor
mir zitternde Töne entlockt.

ich singe

ich singe deine Augen
moosgrün bewachsen zeigen sie
mir den Wald
aber keinen Weg hinaus

ich singe deinen Mund
rot lockt er mich
dann beißt du zu

ich singe deine Ohren
mein Klang verliert sich in dir
warum nur hörst du nicht den Unterschied
zwischen Liebesträllern und Straßenlärm?

ich singe deine Haare
ach, hättest du sie doch
nur heute
für mich gewaschen

ich singe deine Brust
warm schlägt ein Herz in dir
der kühne Muskel
doch nicht für mich

Chor

in der Ferne
singen meine Rivalen
knallen ihr Strahlen zum hohen E
rollen im Ernst das tiefe B
schlimm ist das
am Vormittag.

Herbstchor

wir lauschen dem Laub
singen oder jammern
manchmal fast kein Unterschied.

Falsch

da sang einer
falsch
ein Ton traf nicht sein Ziel

ich lachte
ich fror

nimm es nicht wörtlich
nimm es still
im Leben geht auch mal ein
Ton daneben

kalte Musik

meine Akkorde klappern im Frost
reib ich mir die Finger warm,
die nicht spielen,
sondern klopfen
im schnellen Rhythmus um dem
Frieren zu entkommen
und mein Gesang
kratzt ein bisschen
gemütlich kuscheln sich die tiefen Töne
in meinem Hals.
Wolle stimmt meine Lieder rot

ist das die neue
Farbe meines Hustens?

hastig atmen
vorwärts schweigen
rückwärts reden
an der Stille beinahe erstickt
Krachmeditation

mitte Stille

ja geh mir los mitte Stille
das ist doch nix
will ich gar nicht habn
kann ich nix mit anfangen
mitte Stille
hab ich nen Hörschaden
hör ich nix mehr
nix mehr
und das soll gut sein?
na das wüsst ich aba
geh mir bloß los mitte Stille
da will ich nix von hörn
ne ne
nix will ich davon hörn
stille wenn ich das schon hör
hörste nix in deine Stille
willst nix hörn
oder kannst nix hörn
ne ne
geh mir bloß los mitte Stille!

gehörlos

dein Name steht auf dem Papier.
du hörtest ihn nie.
nicht gesprochen, nicht geschrien
nicht geflüstert, nicht gesungen.
so will ich dich nicht rufen.
mit diesem fremden Sinn.

gebe Dir neue Namen,
mit zarten Fingern auf die
Wange gebärdet
gehaucht als warmer
Wind an deine
tauben Ohren.

lachende Ohren

hören mehr
Geigen und Flöten
Stadt der Trommler
streng ruft der Kranich
schimpfende Möwen
Bremsen kreischen
Rhythmus der Schritte
Radio und Donner
die Uhr tickt
ein Kind singt –
Danke!

Klang (4/4 Takt)

//: Ich suche meinen - Klang /
Ich such ihn über - all ://

Auf dem Weg - auf dem Eis
Auf dem Wasser - auf dem Dach
Im Einkaufswagen - Ziegelstein
Hochgarage - Fahrradständer
Drahtverhau und Kaffeetasse
Schreibmaschine - Klack, Klack, Klack
Sekt und Selter - Klarinette
Kekseeeee - Kekseeeee
Toor, Toor - Autoreifen
Schimpfen, Schrein
Ich-will-ich-will-ich-will
Du-musst-Du-musst-Du-musst
Stille
Stille
Stille
Ich habe meinen
Klang gesucht
Und habe ihn
gefunden

Kindheit

tanze, tanze
und lausche den Farben

Warum

einst Rebellin
zauberte ich
meine Eltern in eine
Gutenachtgeschichte

minutenlanges Glück
was war falsch?

zu viel allein
zauberte ich mir einst
perfekte Eltern in eine
minutenlange
Glücksgeschichte

ein hauch familie

baby im moos
mutter auf dem balkon
schwanger im traum
ein freies kind
und die hebamme lobt mein
pressen

Gebut

Mutte uft die wilde But
kommt zu Tisch asende Hode
klagend, ufend
Tänen gießen
hab ich Euch geboen
heute gibt es Kaft zu Tinken
uft die Mutte ihe But zu

Haiku (5,7,5)

Still sitzt die Mutter
Am hölzernen Küchentisch
Die Kerze geht aus

nichts als Klischees

schlechte Mutter
ehrlicher Tee

besessen vom Alter
einsam trotz Handy

innig mit dem Geist verbunden
der Brauch pinselt seine Worte

immer wieder schlaflos
Zeit genug
Zeit genug

von meinem Vater

erbte ich Geld und eine Ruine
um die muss ich mich nun kümmern
helles Licht fällt in die Küche
ich wische den Boden mit meinen Haarspitzen

es klopft
ein Clown reicht mir
Steine
in einem Müllbeutel
durch das Familiengitter.

im Zorn schleudere ich eine Münze nach ihm
er fängt sie mit der linken Hand.

Sternenfahrt

lustig stürzen
in den Himmelhaufen

genug gefunkelt
und schon fallen wir

die Augen des Mondes blitzen
nein, nein
macht Platz für die Sterne
nein, nein
die Welt ist klein und wach

am Ende jubeln
wir fahren links
wir fahren rechts
hell ist es hier

Zeitvertreib

Marilyn Monroe liest den Struwelpeter
Ich lackiere meine Möbel mit Nivea
Der schwarze Mann lacht auf dem Acker
Braun kackt die Sonne
Im November sind die Großeltern so alt wie Asphalt
Die bunten Haare einer Maus liegen auf der Straße

Was bleibt?

früher war alles dunkler
das Klingen der Nacht
und die Melodie unseres Schmerzes

sieben Erdböden ertaste ich
beim Kriechen
unter dem Bett ein warmes Ungeheuer
fliegende Löwen
gegen die Langeweile

im Schutz der Nacht
schnell mal die Rakete rauben
wir schmücken die Zacken
des Mondes mit grünem Haar
und was ist der Geist der Insekten?

mutig kühlen wir
die schwitzigen Sommerlügen

→

dieses Spiel war wirklich praktisch
ich kitzle den Spiegel und
werfe gefährliche Kissen
zum Schutz

Erinnerungen und Fotos bleiben
was noch?
mein Kinderfahrrad blickt
mich mit großen Rädern an

Kindheit

Fiebernacht in
Holzbett-Träumen
brauchen
müssen
Stunde der Drachen
doch heute gibt's nur
Lampentrost.

Kindheit
Sahne, Milch
weicher Hunger nach lachenden Händen
auf dem Körper
doch immer wieder
Dunkelstunde

Kindheit zum Lachen?
zum Glück nie zurück!

Nacht

es war nicht, wie es sein sollte
im Takt der Standuhr klopften die Träume
viel zu hell waren die Nächte
und beim Aufwachen
kippte der Schatten
laut und scheppernd
auf meinen kindlichen Morgen.

wir Alten wissen

Jugend ist nicht so jung
wie sie scheint
Jugend ist nicht so leicht
wie sie scheint
Jugend ist nicht lustig
und beschwingt
Jugend feiert sich nicht
sie ist eine Suche und ein Kampf
sie ist ein Zweifel und eine Hürde
die genommen sein will

Jugend ist vergleichen
und der Wunsch
nach Liebe und Geborgenheit,
die gerade verloren wurde,
oder nie da war,
für die es jetzt zu spät ist.

wenn alle hoch springen, ist der einzelne Sprung
eben doch nicht hoch genug

Alter

komm ich in die
Knochenjahre

keine Wahl

wenn Küsse über Zähne stolpern
und Schönheit unverzeihlich ist
wenn laut und fremd die Klugheit mault
und Spielerei trotz Wecker schläft

wer stoppt die Ewigkeit?
und wozu?

wenn wir die Zukunft quälen,
schwer am Neuen von Gestern schleppen.
wenn Versprechen an
Erschöpfung leiden.
und die Leere keift

eine gute Frage!

kümmere dich um mich.
jammert der Tod
ganz leise.

ach, die alten Drohungen.

Vergangen

noch habe ich mich
nicht entschieden zwischen
spannungsschlaff und schwangerdünn

trotz Falten sind wir also gleich?
welch Irrtum, welch Lüge

trockene Jahre mit
Schwitzgestank
bin ich nicht mehr die
Allerschönste

vielleicht

das Leben macht mal Pause
horchen ins Nichts
eigentlich ganz schön
dieses Schweigen
diese Stille
ohne Geräusche
ohne Trompeten
keiner will was
keiner ruft
manchmal ganz schön

nicht rausmüssen
umkehren
vielleicht ganz schön

aus dem Mundwinkel rinnt Spucke

alt

weiße Haare
kreisende Gedanken
Augen dürfen alles
immer scharf, immer schwarz
Hände binden, halten, fassen

meine, deine lange Liebe
meine, deine zarte Liebe
meine, deine schnelle Liebe
Füße bestrickt

raus

hinaus, hinaus aus dem Haus
fremde Zimmer beziehen
noch drei Wochen

immer wieder Familie
nicken, dösen, nicken, dösen
erschrecken
hochmüssen
welkes Schaffen

Vater ist doch kein Tannenbaum
Worte, Worte, Worte
überraschende Schmerzen

Heim

silberne Sonne
leise schläft der Tag
alte Männer singen ein stummes
Wiegenlied
Augen lachen dankbar
das Fenster ist geschlossen

das Ende

manchmal träume ich
von deinem Ende
dich zu pflegen

für dich da zu sein
nachts, wenn du in unserer Zeit
wanderst und weinst
weil sie vorbei ist

tags, wenn du über das Essen
schimpfst und Angst hast
weil es so laut ist

du bist alt geworden
die Blätter sind gefallen
und trauern zur Erde

Alterspfad

gehst du mit mir den Alterspfad
rechts die gelbe Aster blüht
links ein Unkraut,
wild gewachsen doch
zurückgehalten, beugt es
den Blick vor dir
und deinem Messer

bleibst du stehen,
musst du gehen.
noch ist das Ziel nicht nah.

beim Frühstück

mit dir bleibt mir
dein Ei in meiner
Hand stecken Rosen
Dornen mit meinem
suchenden Finger-zeig-t
man nicht auf fremde Leute.

Deine Altershand gerade noch
auf meinem Schenkel, jetzt
schlägt sie das Ei und
schlürft das Weiße aus
den Augen meiner
Unersättlichkeit.

Deine Lippenblüte und meine Säfte
unser Fernweh und ein
Reiseprospekt im Altpapier.

vergessen

ich habe meinen Namen vergessen
irgendwo muss er doch sein
doch da ist nichts, nichts

zuerst habe ich auf meinem Klingelschild geschaut
dann auf den Ausweisen in meiner Tasche
auf den Briefen, die an mich adressiert sind
nichts, nichts

ein irritierender Klang
ich rolle die Worte auf meiner Zunge, nichts
ich schlucke die Silben, nichts
ich spucke sie aus, nichts

Verrat, Verrat, jemand lügt, jemand flüstert
ohne Name bin ich nichts
ich löse mich auf, ich löse mich nun
von den Geschichten
in denen es mich gab
als ich noch einen Namen hatte.

zu Gast in deinem Kopf
schmerzliches Glück
Milchmärchen
Ironie
stark war gestern
ich fliehe.

hässliche Königin

vergeblich fragt sie den
Spiegel:
wer schleppt die
Krone?
muss ich die
Schuhe
bezahlen?
und was –
ja was!
kostet eine neue
Nase?

Greisin

schäm dich!
deine glühende Zigarette
im Kino
in den Ritzen
zwischen den Sitzen verloren
das geht nicht!!
hör mal du,
du
das geht gar nicht!

LICHT (Akrostichon)

L avendelduft gegen Motten
I ch erinnere mich gerne an
C ervelat-Wurst, wollene
H osen, Butterkuchen und
T ante Anni.

Herz

mein Herz schäumt
durch undichte Klappentexte,
gute Frau sie haben eine
Suffizienz

so tun Sie doch mal
was für das
Herz

Liebe

diese Lust muss erst mal
geprüft werden

wildes Märchen

beinahe hätte dieser Nachmittag funktioniert

erst habe ich das
Mauerrätsel einer
Jungfrau gelöst
gigantisch!

dann habe ich Zugvögel gejagt und den
Kampf der Amseln gewonnen
zärtlich!

danach bin ich auf der
silbernen Leiter nach
Paris gestiegen
lächeln!

und beim
Bummeln von Komet zu Komet
konnte ich die
Gier meines Mondes
stillen
Erinnerung!

→

aber dann oh
Schreck im Paradies
gab es beim Farbenfangen einen
Pflanzencrash
reisen!

mein Trabant namens
Sehnsucht war einfach zu
träge
Brautschlaf!

und ich
Heldin im Chaos
verlor mit jedem Schritt die
Gefahr
sanft!

Asche

noch ist Glut in der
Aschenputtel-Welt
gefangen im
Linseneintopf - Allerleirau
hast du mir gefehlt
in meinem
Suppenleben

Blätterbeweise

eine schnelle Rose
frühlingslos doch heil
auf den
Boden
gefallen
ach du
komm ich helf dir
Blüten waschen
buntgenässt
unter den Sonnenzweigen
bist doch du
meine einzige
Landschaft.

spinne ich ein netz um dich
mit gedankenfäden
zerreißt es nicht
bleibst darin kleben
siehst nicht mehr mich
nur meine Seide

beziehung

ich warte
wir warten

das gehört dazu
zeit vergehen lassen
dem inneren wortschwall lauschen
bis er schweigt

und dann ist da
ein gefühl
liebe, eine kleine liebe
die und nun wieder wächst

dein atem wird tiefer
meine haut wieder wärmer
du lädst mich ein

warten und schweigen
wir wissen, dass es gut ist
wenn es wieder anders ist

zärtliche Antwort

auf meine müde Frage:
harmlos war die Liebe nie ...

paarweise

komm wir streichen
die Nächte
mit unseren
Taglachenfarben

der Körperweg ist frei

noch atmet der
Schmerz aus den
Poren
noch weigern sich leise
die Wunden

doch

der Liebesweg ist frei

komm wir streichen
die Tage mit
unseren
Nachtlachenfarben

am fremden Tisch

satt sind sie und wollen mehr
Zigarette sie, Kaffee er,
die Füße in Pumps
ein blaues Kleid
schwarzer Anzug
schmale Hände

der Blick nach unten, sie
der Blick aus dem Fenster, er
warten, sie
fordern, er
wozu

da lockt der gemeinsame Tisch
der Blick nach unten, sie
der Blick aus dem Fenster, er
da lockt der gemeinsame Tisch
bleibt leer

macht doch nichts

war wieder bunt der sofareiz
montag, dienstag, mittwoch
donnerstag im kreis
freitagwechsel
samstagsdrama
sonntagslangeweile

und ach so
lau-qual-kompliziert
unser hungriges treiben

macht doch nichts

Die sieben Geliebten

der Erste ging, weil ich es befahl
der Zweite zitterte, als er mich küsste
der Dritte schlug mich mit Wortfetzen wund
der Vierte war eine schweigsame Frau
die Fünfte auch, sang mich in den Schlaf
der Sechste ist gerade gegangen
der Siebte wartet schon irgendwo.

Die nächsten sieben ...

der Erste wie Milch im Kartoffelbrei
der Zweite war schrill wie ein Hahnenschrei
der Dritte war eigentlich einerlei
den Vierten küsst´ ich nur einen Mai
vom Fünften bin ich noch immer nicht frei
beim Sechsten und Siebten,
da liebt´ ich gleich zwei.

Eros

wenn ich dich küsse
platze ich doppelt

ich habe meinen Leib verschenkt
halb Natur
halb Scheinalltag
warte ich seit Wochen
kann nicht drauf verzichten

Sonntagmorgen

schöpfen wir aus dem
Kaffeebrunnen
graben nach der
nackten Milch
lieben uns in süßen Gärten
bauen Wissenshütten im
Sonntagswald
Ach-Krise
schmilzt dahin im
Körperwasser

Obstsalat (ein erotisches Gedicht)

Banane
Apfelspalten mit Gehäuse
Birne
Pflaume, süß und dunkel
Zitronensaft, Honig
Walnüsse, Rosinen und geschlagene
Sahne
Paradies

Himmelfahrt

du riechst nach Glück
Rosenblüten sind
heute meine Beute
ich pflücke dich und
schmelze das Beste
für einen Augenblick
spielt meine Seele in deiner Sonne

Liebeswahrheit

plötzlich neu
mein Tanzbedürfnis
deine weichen Hände
in meinem
Schattenreich

könnte ich doch anders wollen
leiser denken
mich schmalfassen
in deinem Fingerfluss

in unserer Wildzeit
kommen spüren
rüberlieben in der
Gegenrede

Libbengedischt

Oh du mein Ero-tisch
Ich libbe Disch
Misch
Mischung, Dung, Tunk, Ero–tisch
Du Dingtisch misch
Ich mische Disch
Du Ero-tisch
Überlibbe Disch
Libbe Disch
Du libber, glibber
Ero-tisch

heimliche Liebe

wir treffen uns beim
Sternenessen
betteln die Sonne um Lichtglück an
Mondweh ach und
alte Küsse
sitzen wir so unseren
Kopfhimmel aus

sex on the beach

ich liebe deine
cocktailsprache
und deine nackte stimme
wenn du singst

mit meinem becken
schreibe ich
je t´aime, je t´aime

ach und immer wieder
diese schultern

wie immer

lockst du mich

wir feiern unsere haut

mit meiner Zunge erkenne ich dich

unsere Küsse verwandeln mich

wir wachsen durch schenken

ein Zauber weist uns den Weg.

Sommer

wir liegen im Gras
scharf nährst du mich
mit deiner anderen Speise
ersäufst meine Bedenken in Begeisterung

gern tausche ich mein freies Leid
und suche dich schön
zwischen Vergleich und Verführung

doch fehlt mir, ach
dein Lachen und
dein Bleiben

du

beim Einschlafen singe ich
du, du, du
der Klang unserer Küsse auf meiner Haut
du fasst mich nur noch kurz mal an
du weißt es
da, wo du sollst.

Liebe, danach

danach streicht er mir
die Haare aus dem Gesicht
du siehst aus wie ein Mopp
er lacht

danach streicht er mir
die Haare aus dem Gesicht
du siehst aus wie ein Mopp
wir lachen

keine einfache Entscheidung

suchende Füße
zaghaftes Reiben
Wissensküsse als Antwort
auf Hautfragen

ach du
samstagsmüder Nachtgeliebter
mit dir suchte ich die
kleine Ruhe
wollte ich zuhause siegen

doch die Mühe
war umsonst
vertraut und fade
danach Trauer

dieser Tanz unserer Hormone
war doch nur
eine Lüge
eine … phantasie

Damenwahl

hoffe wild und
liebe widerspenstig

aha

meine
Aphrodite
und ich:
leider konnten wir
nur das
„ausschlafen" entschlüsseln,
ein anfang …
aber noch nicht das umfassende
wissen ….

Damenwahl
ist meine Tränen-Wahl
Neutreffen
Ichdich heildu
Dumich heilich
in den Armen
halten
an diesen Tagen
will ich nichts teilen
als meine
Gier

mit Dir

Bioshit rauchen
und dein Vanillehaar atmen
ach-Feigen mit feuchten Rosinen
Mangoschweiß mit Orangenküssen
Apfelspannung und Muskelzimt
Venus-Lassi mit Zitronensalz

mein Ziel ist eine Zitterpartie
gut gebaut lockt sie mich
mit ihren Lippenfingern
und flüstert
„Wehe du wirst weniger!"

Ballade

ich wunschklage dich an
du hast mein
Glühen geweckt
hautschön regnen
Klageschauer
auf mein
Phantasiegewebe
süßer Verlust und
Strahlen wechseln im
Glückschritt

wenn

eine mit ihren Händen auf
mir die Landschaft pflügt
die Empfindung in mir sprengt
zum Wachsen bringt
aufzieht bis ich platze und
reife Früchte aus den Schoten zu
Boden zu Haut tieffallen
bis wir erschöpft wie Federn sinken aus
Frau Holles Himmelfenster doch
dabei singen wir
das Lied des gebackenen Brotes

Du

dein Bauch breitet sich aus
ein weißer See
In den du
den ersten Stein
geworfen hast

deine Muschel im Moos
zwischen Sand und Kies

da suche ich dich
werde hineingezogen
frisch geboren, umgekehrt
wie die erste Menschin
wissen wir wieder
was gut ist

und du atmest in der Weise
du weißt schon wie
du weißt schon wie

Jahreszeiten

in meinem alten Kalender ändert
sich mal wieder nichts

Ich liebe dich
schreibe ich in den Schnee
beeil dich
lies schnell
der Frühling droht!

Frühling

mit Veilchen
ein Weilchen verweilen
im Blau und Grün
das Rot und Geld vergessen
ein Weilchen die Veilchen
blühn

ein Fenster geöffnet
das Lüstchen weht
ein Wehen ein Achsen
ein Oh wie schön
blüht das Veilchen ein Weilchen

der Mai ist gekommen
drum komm auch du

Frühlingsgedicht

in diesen Tagen
saugen wir am Unkraut
und verjagen die Nonnen
wir spielen mit dem Duft
und stehlen uns
ein Lachen von der Blumenhaut
Rosenlippen beißen uns
bis wir unser Lied
nicht mehr verstecken
können

Sommer

im Rausch der Sonne
Rosenzeit
durstig
trinken wir
Brautwasser mit
unserem
Gartenmund

Ach und
wie schwer
wie süß
die Macht der Lilien

Roter Sommer

heute ist mein Rottag
alles ist Rot

mein weinrotes Gefühl
mein dunkelrotes Blut
meine rosaroten Ausreden
meine ziegelroten Fehler
mein feuerroter Gesang

und wenn ich nicht bald
aus der Sonne verschwinde
wird meine Haut krebsrot

Klimawandel

die Sommerfreude
zeigt ihre gelben Zähne
froh präsentiert sie ihren
Urlaubsschleim
welch Lüge
in dieser Hitze
in dieser Trockenheit!

Sommer

ich diene meinem Garten
schneide die Zeit
Tränen von Narren
nässen Sonnenblumen

in diesem Sommer spielt mein Zorn Frisbee
ich trotze den Kirschen
und ich dichte mit meinen Händen
hell und schwer

Herbst

im alten Keller vergessen
wartet Wein, lockt leise
in hellen Räumen verloren
einst Liebende,
Jagende
suchen, nicht finden,
Schwanenliebe
Sehnsuchtsfelder will der neue Herbst
Weggefährten knicken
Sonnenblumen

goldener Oktober

trennst deine Spreu von meinem Weizen
gibst deine Ähren preis
der Verachtung
dem Spottbillig
und netzt die Augen-Innen-Haut

Herbst

feuchte Schuhe ungeputzt
Regen spritzt von Autoreifen
ein Bus fährt vorbei
verratene Sommergäste
Hundedreck gelöst
in braungrauer Pfütze.

Winter

draußen und drinnen

ein Feld mit Tannen
heller Frost
graues Eis
Flocken funkeln
Schneegesang

Grübeln der kalten Erde

was ist die Aufgabe dieses Hauses
der Kreis um den Herd
die Kohle entzünden

eine Wirklichkeit so hell
wie das Licht einer Kerze
nicht mehr.

Pflanzen

bring das Blatt zurück in den Wald.
Sofort!

control …

ich schulde dir ein wunder
wegen neulich
du weißt schon …
darum lass uns endlich
gemeinsam
das wetter planen
hahaha
dieser baum hat wirklich humor

gestern

endlich habe ich die Gartenwahl getroffen
ein Baumkind aus dem Trauerwald geholt
ins Beet gepflanzt
mit Streu bedeckt
mit Tränen gegossen
da wächst es nun

die Rose

wollte nicht verblühen
versteckte sich
im Gefrierfach
und erfror

die Seerose flüstert

ich muss austreten aus diesem Teich
in dem ich mich doch lange nicht mehr wohl
gekühlt
und frisch von Strömen umspült
gereinigt habe

vermoost sind meine Wurzeln
meine Blätter verbraucht und stumpf
und mein Stängel meine Blüten
sind braun und verbrannt

ich muss austreten
wenn das so einfach wäre
wäre es einfach.

Löwenzahn

wärst du ein Löwen – Zahn
in meinem Garten
ließe ich dich wuchern bis
an den Lattenzaun
und deinen Samen
trägt der Wind
auf das Nachbargrundstück.

Garten

ich habe meinen
Trauerzaun
um dich
errichtet und
wünsche mir
immer noch
dein
Wachsen
wenn ich dich nur
genügend
pflegte

doch
du bist längst
schon eingegangen

unser Garten

unser Garten ist ein düsteres Paradies
wir tanzen Schritt für Schritt
im grünen Zwielicht

kämpfen wir herzlich
streiten wir unbeschwert

ich bin dien,
du büst mien
auf unseren Liedern liegt der Tau

versuch doch mal das Gras zu trennen
und vergiss nie eine Frage
in dieser ganz besonderen
Kleinigkeit

zuerst

such ich die Erbse
die mich zwingt
allein zu schlafen und
pflanze sie auf unseren
Verstandsbalkon

dann

bau ich uns ein Nest aus Laub
und küss dich bis zum Morgentau.

Parzelle

in diesem Beet habe ich
eine Rebellin gesät
versteckt in der Erde

beim Klang der Pflanzen
haben wir unseren Frieden geharkt
und die Verlockung gewässert
laut schwitzend dünge ich nun
meine Wahlmöglichkeiten

Rauch kann man nicht schneiden
sagst du
während ich die Freude mähe
schön kurz
damit sie besser wachsen kann

da lachst du leise und
gemeinsam säubern wir eine wilde Raupe

grün

mein Baum ist die Lösung
wenn ich dich vermisse
ändert er
meine Bedürftigkeit

grünes Glück

im Muttergras
mit Erdohren
höre ich die
Stille
schrecklich frei bin
ich
und meine
Lippen haben
Flügel

Tiere

der Vogel sichert sich eine Wolke

mein Traum heute

ein zartes Vögelchen schläft in meinem Mund
nun darf ich mich nicht mehr versprechen

im Zwielicht

bauen wir unser Nest

streng dich an,
dieses Ei ist eine Ehre

Zugvogeltränen

hoch fliegen sie
groß ist die Luft
in der sie laut
einander
rufen:
hier Tag!
hier Tag!
sterben müssen
wir doch erst
noch pochen
an das Stundengrün

Vögel

wir und die da
wir unten und die da
oben, die da oben
wir hier unten, unten
ohne Ordnung
die Vögel, fliegen
da oben ohne Ordnung
ohne jede Ordnung
wir hier unten
gehen wir hier, sehen die da
fliegen die da, sehen uns hier da
ohne Ordnung
wir hier und die da
gehen, fliegen
scheinbar
ohne Ordnung
wir und die da

der frühe Vogel

der frühe Vogel hat verzichtet

er frisst nicht mehr
und fliegt nicht mehr
sein Nest ist leer
er singt nicht mehr

das reimt sich
und ist
gar nicht lustich

Leise

wohnt in
mir dein
Abendvogel
hat sich ein Nest gebaut
mit meinem Märchenhaar
spukt braun in
mir mit zarter Hand
erinnert mich an
Sonnentränen
einer anderen Zeit
springt dann grell
von der Wiederkehr
zur weißen Blüte

Rabe

wozu im Schwarm fliegen
wenn es gilt
den Ring zu rauben

Schmetterling

im Sterbekleid
erwählt für die Liebe
immer hungrig
immer schön
flieg weiter!
flieg weiter!
du musst noch
Eier legen!

Fabel

ein Spatz sang im Gebüsch,
kam die Katze, fing den Spatz.
„Friss mich nicht!" lockte der Vogel
„Du wirst etwas Besseres finden:"
„Friss mich nicht!" drohte der Vogel
„Du wirst an mir ersticken."
die Katze fraß den Spatz und war satt

Wölfin

einst war ich die Wölfin
nachts auf der Jagd
mit zerwühltem Haar
und roter Zunge
legte ich meinen Mond
dir zu Füßen

Schlange

in der Reptilienwelt
ist kriechen normal

eine Nacktschnecke widerstand der Bierfalle
und legte 456 Eier.
beim 457 wurde sie vom Igel gefressen.
„Ich habe für meine Familie gelebt."
sagte sie.

Ja

komm lass uns schnell
eintauchen
in die Schönheit des Teiches
zum Schwimmen verführt
und schweigend trinken
ein glitzernder Fisch
lacht uns an.

Fische

schmerzgezuckt
können sie
an Land nicht atmen
übel wird mir
schau ich nicht hin
so ein falscher Tod

(HAIKU, 5,7,5 Silben)

Gift streut der Nachbar
um Katzen zu vertreiben
aus seinem Garten

Wasser

in diesem Meer habe ich einen
Tropfen verloren

nass

Worte wie Wetter
ich schwimme in deiner Stimme
das Meer fließt im Kreis
die Sonne leckt die faulen Wolken
irgendwie ein nasses Thema

auf der Suche

nach der

Lebenslinie

klammerte ich mich vergeblich an die

feuchte Schönheit einer

Welle und verschluckte ihren

Umriss mit

Genuss

Regen

weinende Luft
Himmelsgetränk
der Berg experimentiert mit rollender Kraft
der Fluss erklärt sein glitzerndes Fließen
eine Wasserentscheidung ist
niemals fest.

unwetter

wir wechseln von
wetter zu wetter
singen das
lied des regens
widersprechen den
wünschen
des windes
wolken beantworten
heute
alle meine Fragen
ach
und mein
heimlicher regenbogen

dieses Meer

ist ein Chaos
Spiegelschiffe
feuchte Forderungen
Schaumkonzerte
ein Hauch von Ratlosigkeit

und

Menschen mit Vogelbeinen und
schwarzen Flügeln
fliegen, flattern, flüchten wie
Möwen heim zum
weißen Felsen

erster Impuls

wie gut
im See
einfach
loszuschwimmen
loszuschwimmen
statt im
Flussbett
einzuschlafen
einzuschlafen

am Strand (Bretagne)

alles rauscht, das Wasser ist ganz nah
unsere Kinder auf den Steinen
ziehen ihre Füße ein
sieh mal da und da

kommt zurück, das ist gefährlich
allzu mächtig kommt die Flut
die Sonne ist leuchtend rot und
es ist Zeit fürs Abendbrot

ohne Ende Wellen rollen
nur noch diese …
und die nächste ….
und die nächste ….
und …..
der Sand ….
die Steine ….
und wir …..

Stillstand (Bretagne)

hier dreht sich die Welt und
bleibt wie sie ist
alterslos ziehen die Felsen singend
um die renovierte Kapelle
Farbenreste stinken zum
verhangenen Himmel
im Alt riecht es streng und der Bass
brummt besser denn je
ich aber bin hier immergleich
ein Kiesel den ich im
letztem Jahr vergraben habe
mit dem großen Zeh am Strand
bevor die Flut kam
und jetzt pflüge ich den Sand hier
muss er doch irgendwo sein

Sand und Salz

zärtlich schlagen deine Wellen
auf meine Felsenwände ein
mein Wasser bindet sich an deinen Stein und
dein Ufer umarmt meine Brandung

genug gebraust in der Vergangenheit
Verluste brachen sich
Vorbei!
Gelegenheiten nässten unseren Sand
Salzig!
und endlich brülle ich
lach doch noch mal mit mir
wein doch noch mal mit mir

das Meer gewinnt

eilig kriecht eine Schildkröte
kehrt zur Geburt zurück
Muscheln speichern die Finsternis
Möwen warten
ich lebe langsam

am Strand baue ich mir eine Düne
Minutenarchitektur
der Sinn unterwirft sich dem Wind

am Horizont immer nur Augen
da oben finde ich eine alte Sonne
in den Wolken lese ich Schattengedichte

ich wechsle und schöpfe
die Sorgen
die Freude
eine Kanne voller Ozean

deine Küsse

sind wie Boote
die den Weg nicht wissen

Träume ziehen
im Trauerwind
teure Fahrt
zur
Augenheimat

fallen dunkel durch die Nacht

Brückenspiele

am Ende des Regenbogens
Wunschsteine in den Topf geworfen
Blumengeld gepflückt
ins Wasser gespuckt
Küsse gesammelt
warten warten
nur nicht drängeln

Ja

mein Ja-Gedicht
umarmt vom Meer

fällt leicht und
riecht nach frischem Schweiß
mich selber lieben
danke offen
mal still lachen

mein Ja-Gedicht
umarmt vom Meer

allein in der welle

der tag war hell
die wellen lockten
ich wollte spielen

ich spielte und spielte
bis ich den boden verlor

atmen von salzluftschaum
blauweißes milchblendlicht
weißgeblitztes krausgeschäumtes
schmerzgetränkter schrei
genug genug

nach einem wellenjahr
an land gespien
trunken kriechen auf neuem grund
zu alten freunden
neuem trost
sonne trocknet salzsandtränen

Wasser

wenn ich dir meine Flammen schenke
für deinen Schnee
was wird dann aus uns?

Feuer

Sterne regnen,
ich muss weichen

Feuer

Es brennt, Vorsicht man hat ein Feuer gelegt!
Heimtückisch oder achtlos oder
ganz und gar autistisch.
Es brennt und du jubelst den Flammen zu.
Alle fliehen vor den Flammen,
aber du bleibst stehen.
Du bleibst stehen.
Du bleibst stehen.
So schön kann es brennen.
So schön und rot und heiß.
Es brennt, Vorsicht man hat ein Feuer gelegt!
Alle fliehen, du jubelst.

Vulkan

die Melancholie der Mineralien
wenn sie einander im Krater
umschmelzen
Steine sterben nie
sie tanzen beim Feuer
zur roten Musik

wir sitzen am Feuer

singen leise

sprechen und schweigen

die Stille umgibt uns

und lässt uns frei

wir sitzen am Feuer

singen leise

sprechen und schweigen

Feuer

Ast zu Asche
der Himmel fiebert rot
das Gras steht in Flammen
Dämonen tanzen im zerrissenen Kleid

Rote Erde
ergießt sich über kalten Stein
vom Wind umworben
stöhnst du
lass es regnen
lass es regnen
und bist doch schon ganz Nass
in meiner Meereshöhle

Nacht

ich liege wach
und lausche dem Herzschlag
der Erde

Abendstimmung (Sevenar)

hinter den Häusern wird es dunkel
in den Zimmern gehen Lichter an
nach dem Essen sehen wir fern
hinter den Häusern wird es dunkel
in der Werbepause Zähneputzen
und kurz reden, ist auch wichtig
hinter den Häusern wird es dunkel
in den Zimmern gehen Lichter an

Nacht

silberblau pfeift der Wind
an die Wände
schlägt kalt und fordernd
meinen Vorsatz aus
ich sehne mich nach
Curryhänden
und Rosinenreis

dafür lohnt sich der Schmerz
hungersatt mein Körper
schläft nicht
räumt dem Mond eine
Nacht in der Kiste ein

da wohnt er nun und
plant zögernd
seine nächste Feier

Nacht

vergebliche Farben
zärtlicher Klang

Nacht
fülle das Nichts
mit Fragen
Nacht
heile den Tag

Mein Haus

in meinem Haus ist
immer Nacht
blau sterben die Kiefern
feuchtes Schwarz
in mir und da
im Dunkeln
vergisst die Laterne ihr Licht
in meinem Haus ist
immer Nacht

nur der helle Himmel
widerspricht mit
schneller Zunge
Wolken verdecken die
Sonnentür

in meinem Haus ist immer Nacht

Abendstehele
Ühüba all
Nua am Bahach die Nahachtigall
Sinkt ihre Weisn klagnd und leisä
Duach das daal

Stehele Nachd
Heiligö Nachd
Ahläs Schleefd
Ainsam wachd
Nua das traude hoch hailigö baar
Ist noch ahauf wie wuhundaba
Schlaaf in hümmlüscha Ruhu
Schlahaf in hümmlüscha Ruu.

Wohnen

Kunst kann man nicht sortieren

home sweet home

ich liebe fadenspiele
meine ziele wickeln sich
um dein thema
während im tee der zweifel tanzt
risse im kitsch und
lustige lügen
leichte erkenntnis im
sessel der welt

Klärung

eben
sagst du noch
keine Ahnung
ich weiß auch nicht
und ich frage die Wand hinter uns
die aber antwortet
frag dein Bett!

raus

rennst du bei mir
geschlossene Türen ein
um dann zu sehen
dass ich durchs Fenster
schon längst
verschwunden bin

einladung

jetzt räume ich endlich
meine ordnung beiseite
glotze ins buch und
frage mein sofa
kino oder kochen?
ein alt-er-s-lose
alt-er-native

putzen

ach wie gerne
wische ich mit dem
süßen Schwamm
über diese Essigjahre
wie schön
wie reinlich
jetzt
die Dunkelheit glänzt

schöner Wohnen

was gewesen
mit dem Besen
unter´n Teppich
fegen

Maler

willst du mein Maler sein?

streichst meine Fassade mit
Verbundfarbe
lackierst die vorgeschliffenen Flächen
und tapezierst mein
grundiertes Mundwerk

so ziehe ich frisch renoviert
in dein abgezahltes Haus.

Besitzverhältnisse

das Glas steht auf dem Tisch
die Frau spuckt hinein
jetzt gehörst du mir

SESTINE

BA DE ZIM MER SCHIM MEL
MEL BA SCHIM DE MER ZIM
ZIM MEL MER BA DE SCHIM
SCHIM ZIM DE MEL BA MER
MER SCHIM BA ZIM MEL DE
DE MER MEL SCHIM ZIM BA
BA DE ZIM MER SCHIM MEL

Arbeiten

im PC schreitet das Leben voran,
na endlich!

Büro

ich liebe meine Ablage
freue mich auf den Drucker
und singe laut mit dem PC

der Schreibtisch tanzt Mambo
der Schrank jubelt
das Telefon grinst begehrlich

wir klatschen und strahlen
wenn der Stuhl den Container küsst
wenn die Arbeit sich dreht
und die Ordnung uns umarmt

da lacht das Fenster doch mein
Herz braucht die Tür

hahaha

einen aktenblick bitte - hahaha
schubladentage - hahaha
die firma klagt - haha
wer bezahlt das schwarz das blau - ha
wir verdienen den sturm - ha - hahaha

da - die liste lügt
ruft die offizielle datennutte - ha
tanzt auf der höhe der preise - ha
stürzt freiwillig ins tageslicht - hahaha
tatklar - ha - hahaha

endlich - haha - am abend - endlich - haha
leisten wir uns - glücksfehler - ha
froh flucht die woche - ha
pünktlich fühlen - ha
endlich - ha - faul zucken die stunden - ha

hahaha - hahahaha - hahaha
alltag

ackerjahre

ach adam
armer alter arsch
arbeiten
alleine abhängen
aber abends
aphorismen

SESTINE

SE RI EN BRIEF FUNK TION
TION SE FUNK RI BRIEF EN
EN TION BRIEF SE RI FUNK
FUNK EN RI TION SE BRIEF
BRIEF FUNK SE EN TION RI
RI BRIEF TION FUNK EN SE
SE RI EN BRIEF FUNK TION

Frei, Jung, Nass
(mein Gedicht über die Zeitarbeit)

er und sie
strecken sich
und dynamisch blubbert die Leistung

Zeit hustet mal wieder und
der Lohn taucht vergeblich nach
Sicherheit

Wasser grinst wie immer

Personal schwimmt und
tief sinkt die Arbeit
und Klugheit ist längst
in der Lüge
ertrunken

Computer Lyrik

angestellt
hochgefahren
aufgehängt
abgestürzt
neugestartet
reingegangen
abgeschossen
runtergefahren
ausgestellt

arbeitslos (Akrostichon)

a bends

r ufen meine

b eine:

e ile, eile, es

i st

t rotz allem nie zu

s pät um

l oszurennen

o der zu

s pazieren.

a ngst und

r uhelosigkeit

b etriebsamkeit und

e nge

i rrwitz und

t rotz.

s chuld und

l eiden.

o hnmacht und

s ehnsucht

Mobbing

stinke ich nach
Pitbullschweiß
eingefallen in den
Mobgesang
und die Jobuhr
tickt, tickt, tickt

rausfrau, rausfrau
da bleibe ich empört zurück
packe nicht die Sachen
harre aus mit den Netten
den Anderen unter Bleibedruck
und auch der Freitag
macht daraus
keinen Ja-Tag mehr
aus dem gemeinschaftlichen
Vorurlaubskotzen
im Kollegenkreis

Arbeit

pünktlich rennen wir in die Pause
vorbei an lächelnden Bürotüren

ein Schluck Café im Glas
brauner Zucker
mit dem Löffel rühre ich im Chaos
dazu gibt´s Obst für die Welt

essen + trinken

Frechheit
das Gemüse so zu ängstigen

Kochen

Zuerst öffne ich meine Bilder
    mit dem Dosenöffner

Dann wasche ich die Freiheit
    und auch die Milch muss gut gesäubert werden,
    am besten vorher einweichen

Der Pullover wird scharf angebraten
    und mit den Wänden gewürzt

Nach und nach gebe ich das gesalzene Sofa dazu

Fenster, Stühle, Lampen, Spiegel,
    alles wird schön kleingeschnitten und in der
    Schublade durchgeschmorrt

In der Zwischenzeit schmeckt der Teppich den Käse ab

Nun heißt es warten!

Wenn alles gut durch ist,
    wird auf Hosen und Schuhen angerichtet

Guten Appetit!

Erwartungen

nur ein Narr isst
schwarze Erdbeeren
ich aber färbe meine Sahne
schön weiß
fett, derb und tierisch

da bleibt nichts
übrig

ohne Titel (Formkopie)

seit einundneunzig Jahren
steh ich am Morgen auf
mit meinem leeren Magen
zum Kühlschrank ich dann lauf
vergeht auch Wurst und Käse
wird schimmelig der Wein
erst wenn ich nicht mehr esse
werd´ ich vergangen sein

Salat

im Salat drängelt sich das Gemüse
stiller Streit um den salzigsten Platz
schönrot glänzen
Paprika und Tomaten
schnell pflücke ich die Erbsen
von den weinenden Zweigen
und die Aprikosen verdiente ich schwer
musste sie flüsternd bezahlen
gesunde Rezepte
immer wieder gut

Mhmmm

geschmolzene Hasen
Eier und Sterne
knuspriger Krokant
Kugeln mit milchiger Füllung
Weihnachtsmänner
ohne knisternde Kleidung
klebriges Schmelzen
schmierig, fettig, weich
und süß

Was lerne ich?

von meiner Schokolade?
Frieden kann man essen!

den Apfelpfad

bin ich gegangen
ausgerutscht auf
Erdensaft
aufgestanden und
noch mal ...

Selbersehnen

einsamer Teller
noch steinwarm
wohl gefüllt mit
Bodenmilch
Fahrreis und
Nervenfett
doch ich bin
wieder mal auf
Nachtsuche

Fühlen

komm komm
komm
flüstert die Zitronenhexe
komm komm
komm
und fesselt mich an ihre
Schokolade
volle Rolle

ach wie schön
Erinnerungen
ach wie schön
alleine Spielen
Sport nur so zum Spaß

ach wie schön

Strand

da müht sich ein Radfahrer
macht Furchen in den Sand
jedes Kilo zählt auch hier

kurvenspaß

falsche Äpfel lächeln mich an

meine heimliche Nahrung

weiche Reize

Dellen schwappen

diese Frucht muss ich mir merken

LICHT (Akrostichon)

L eute, heute belege

I ch die Pizza mit

C hampignons,

H artkäse, Oliven und

T atendrang

LICHT (Akrostichon)

L iebe

I ch einen

C hefkoch,

H abe ich genügend

T eflonpfannen

OBST OBST OBST OBST
KI VI KI VI
OBST KI OBST VI

BA NA NE BA
NA NE BA NA
NE BA NA NE
OBST KI BA NA
OBST VI NE BA

PAM PEL MU SE
OBST KI BA PAM
NA PEL OBST KI
NE MU OBST VI

JO HAN NIS BEE
RE JO HAN NIS
BEE RE JO HAN
OBST KI BA PAM
JO OBST VI NA
PEL HAN OBST KI
NE MU NIS OBST
VI BA SE BEE

OBST OBST OBST OBST

Feste feiern

immer mal wieder die
Show wechseln

schnell mal feiern

die wichtigste Venus bin
heute ich
abendschön im
späten Schwarz
tanze ich
weiße Reime
blühe im Kreis
und dufte, schmecke nach
Rosmarin

Nach der Party

Kippen im Waschbecken
Bierpfützen
Nudelsalat
Tomatenstückchen
braune Flecken auf
dem Holzboden
Handtücher, nass, alt
Geschirr, zerbrochene Gläser
Sektflaschen entkorkt
atmen die Augen geschlossen
ein - aus - ein - aus
gehe ich erstmal in die Sonne

reste

das (zweit-)beste am feste
sind die reste
mit denen ich mich mäste
her mit den festen!
her mit den resten!

spaß ohne geld

heute bin ich zu gast in meinem zeitenmeer
mein gewissen feiert ausgelassen
ich betrinke mich mit alten gedanken und
schmecke die süße prosa
tanze gedichte
und singe
morgenmild
jaja-jaja-jaja-ja

Silvester

denk dir ´ne Gesellschafft aus
und sammle Charaktere

in der Pause werden wir uns
wiedersehen

bediene dich an den Vorsätzen
lerne neue Ideen auswendig
grüß´ die Bücher von mir.
sei erfolgreich ganz für dich alleine.

bis dahin wünsche ich
eine angenehme Langeweile

Vergnügungen (Formkopie)

ausschlafen, Kaffee im Bett
Handy checken, Vorhang auf
im Trainingsanzug auf dem Berber sitzen
telefonieren, verabreden, Menschen, lachen

nachts in den Straßen
Fahrrad, Lichter, frei

Flohmarkt, Comics, Arabic Rollo
Ukulele, Festival, Bibliothek

küssen, streicheln
singen, zuhören
Ikea, Aldi
schreiben, essen, Partys
Matschbrötchen mit Schokoküssen
Mohntorte

Schanzenviertel, Berlin, Werdersee
Jeans mit Löchern

Du

Wein

deinen Wein haben wir getrunken
aus Pappbechern
eins zwei drei
bin ich in deine Rebe gestiegen
vier fünf sechs
begannst du zu singen.

Reisen

ein neuer Mond wird
uns leiten

zu spät

eine Weise schrieb `ne Weise
über eine Reise
doch flog sie nur auf dem Papier
und blieb in Wahrheit hier.
„Ach wäre ich doch dumm gereist,
statt klug geblieben."
sagt sie heute.
zu spät.

Frauen

Wasserflasche,
Sonnenhut
im Rucksack Klopapier,
man weiß ja nie,
Ein Präser im Hotel versteckt,
man weiß ja nie.

Zugfahrt

warme Straßen und
Wahrheitsacker
Körperzäune und
Glücksschnee
Grashäuser heute noch grau

Baumgedichte sind meine Fahrkarte
Fensterwünsche machen
Türen auf

Windgeträumt
im Grund verbunden

Bahnhof

täglicher Abschied
Liebesverspätung
Bahnsteigrührung mit
Uhrengefühl

Kofferhoffnung
Zielsorgen auf dem
Gedächtnisgleis

Zugnatur:
keine Ankunftsgarantie

Tourismus - Zynismus

ein sauberer deutscher
Buchhalter reist
zu den heiligen
Wassern des Ganges
zu den bunten
Ghats seiner Enttäuschung
läuft den Flusspfad der Religion

private Erleuchtung sucht er

Wellness-Mantren
Trotzalledem-Meditation

Hunger

Kinder
schmutzige, dünne Beine in
Plastiksandalen
chanten um den Blechnapf
sammeln das Blut ihrer Götter
da hilft kein Lachen, kein Singen
wenn die Göttin der Zerstörung
im Erdendreck
die Reisfreude heiratet.

armer Buddha
lebst du doch so gefährlich
auf dem Sariplaneten.
nährst du dich von matschigen
Chapatis, Illusionen und
Gipfeln der Begeisterung

Old Delhi

in den Straßen hallt es wider vom
Erwachen der Stadt
Uringestank und Staub
Benzin und Curry

da sitzt eine in der Ecke, die beobachtet
euch genau
Kakerlake, sie denkt, sie denkt
sie denkt sich ihren Teil

die Matratze ist hart und feucht
auf der ihr Euch geliebt habt
hart und feucht
ihr habt Euch geliebt
es ist schon vorbei
Ei und Porridge
ihr seht Euch an
kurz, nur kurz
da kommt die Rechnung

Autos hupen, Kühe muhen
Kühe muhen, Hähne krähen
das ist hier der Morgengesang
denkst du, sagst du
ist doch besser noch als Kindergeschrei
nicken schlucken
der Toast, so weich, so zäh

→

raus, raus, raus
rein, rein, rein

in den Paharganj, der das
Wohnzimmer ist, rein ins
Wohnzimmer

Tücher, T-Shirts, Touristen,
Bänke, sitzen auf harten Kissen

ankommen sanft, so sanft im
Paharganj, Musik und Tee und
Staub und Chapati
Rikschas und Melonen und
Curry und Rice und Kühe und
Staub und weiter, weiter
raus und raus und
arm und Hunger und Kinder und
Füße, nackt und Streit und
Geschrei und Hunger und
Kraft und Hühner und Bücher und
Hochzeit und Teppich und
Gebet und ich und du

du und ich
verlieren wir uns
in Old – Delhi, irgendwo
zwischen den Messinglampen

Ganga

Gegangen den
Ganges hinunter
den Radhapura hinauf
den Ginger getrunken
der Tigerlama wohlauf
schluck an
sieh dort
der Rüttelpapst mäht
seinen englischen
Rasenschnitt

Gefangen in New York

Metropole in Blau
das Nebelweiß bedeckt den
Sinn der Türme
das Treiben
allein singender Menschen
verschwimmt zu
unscharfem
Begehren.

paris die zweite

das hotel auf der brücke
Abstieg der Engel
wir regeln unsere Ufer
Samstagnacht
vom Wind gefesselt
die Fahrkarte
wird auch immer fetter
bei der Ankunft lachen
Kinder

Bleiben

um zu lieben

Bar Brasil in Bremen

Nachtzucker zum Espresso
dich treffen
rot im Liebesrauch,
Augenasche,
Kerzen – Schein.
in der Spiegelzeit, glasblau
fällt mein Zögern
stelle ich meine Fragen
wohin?
wozu?
warten?
finden?

du atmest Bier und
fragst den Wein
frisst dich geil am Flaschenlob
wieder angekommen
in der Tresenrolle
im kleinen Glück.

an der Schlachte (Bremen)

Wesermenschen
auf der Suche nach dem
ersten Frühjahrsschwitzen

Stangen aus Eisen zeigen wo´s lang geht
Kinder fallen heute nicht ins Wasser
schwarze, blaue, beige Mützen und eine
lila gestrickte, pfui Teufel

Radfahrer in Schwarz im ersten Gang
Sonnengruppen
Schlenderschuhe und Übergangsjacken
Maronenschalen spucken
eine Spitztüte für drei.
Papa, dürfen wir ein Eis?
aber nur für einen Euro!

die Fahne im Wind müsste
mal wieder gewaschen werden

Bremer Schlüssel, ein Schlüsselbund

der erste Schlüssel passt ins Schloss vom Dom
der Name auf dem Schild ist nicht lesbar

rostbraun blättert der zweite Schlüssel seine
Lebensdauer vom metallenen Kern

der dritte Schlüssel ist klein
gewichtslos liegt er in der Hand

der vierte Schlüssel gehört zu einem Geheimnis
er ist zerstörbar mit einer Haushaltszange

der fünfte Schlüssel ist verloren und
wird noch nicht vermisst

der sechste Schlüssel wurde gefunden und
noch nicht abgegeben

der siebte Schlüssel ist der
Ersatzschlüssel für den sechsten

die Mutter legt den achten Schlüssel unter den Stein
nachts horcht sie, doch holt sie ihn nicht rein

der neunte Schlüssel zum Wandtresor liegt
versteckt in Vaters Schreibtisch, jeder weiß, wo er ist

der zehnte Schlüssel heißt Dietrich und gehört Heinz
beide versuchen ihr Glück, Heinz schwitzt dabei.

ein elfter Schlüssel schließt den Kreis und heißt
keine Zeitverschwendung.

Weihnachtsmarkt

freundliche Geburt im Glühweinbecher
Bratwurststerne schimmern fettig und
hell bricht die Nacht
der Könige an.

Rot, Silber, Gold glänzt die Liebe
singend strahlt der Markt
Musikgeruch bringt die letzten
Schecks und Scheine an den Tag.

Nörgelnde Kids und
stoßende Mütter,
Schöne Gier und Kerzenswünsche
Tannenbrennen, Glockenfrust

Wunderlasten?
Himmelskrise?
Apfelraub und Mandelkern

Mensch nee wirklich,
doch nicht heute,
denn wehe, wehe, es weihnachtet laut !!!

Hamburg Süd

sandsatt und sonnenfaul
liegen wir auf Plastikstühlen
lauschen dem Fischgeräusch, der
Wassersprache, und sind
beeindruckt von der
Krankraft, dem
Klappern und Kreischen der
Laderiesen, dem
Schaffen und Schaukeln des
Fährverkehrs.

Biernachbarn schlagen ihr
Möwenbaby
wir aber treffen uns
beim Stressschmelzen
im Barbetrieb
und trinken auf den
Wiederwind

Landungsbrücken

Schiffe gehen im Hafen fremd

ihr Mantel sehnt sich nach Kälte
und die Tasche schmollt mal wieder
eine zaudernde Zigarette lang
möchte sie ihm glauben.

warten ist Arbeit
und Eilen verletzt.

möchte sie ihm glauben,
der schüchternen Verlockung
mit den Augen, die streiten
mit der Angst, die gibt
wer nimmt?

im Zweifelsfalle Grau
hoffen Schwarz und Weiß.

oder?

Treppen lieben große Schritte
wer traut sich zu fliehen?
erst Trennen, dann Reden

so einfach ist das
dem ersten Mal gerade noch entkommen.

Häschdnerisch

Hauenstein	Häschde
wein	weei
schlafen	schlofe
Durst	Dorscht
Auge	Äche
Fest	Fescht
rauchen	räche
mein	mei
Brötchen	Weck
dein	dei
Wurst	Waschd
Wurstsalat	Waschsalad
Patentante	Gohd
da ist Kims Patentante	do ischt de Kim er Gohd
müde	mied
zuhause	dahem
einkaufen	ikäfe
naja	ajooh
ich habe gedacht	ich häb gedenkt
na los	alla
überlegen	übberliche
was ist denn das da?	wasch`n do do?
ist niemand da?	is kens do?
Apfel	Appel

226

Kartoffeln	Krumbere
laufen	läfe
eins	ens
Hütte	Hütt
zwei	zwä
Vater	de Babba
drei	drä
Mutter	de Mamma
vier	fer
ich auch	ich äch
fünf	fünef
kommst du?	kummscht?
sechs	sichse
allein	alleenich
sieben	siven
auf dem Klo	uf de Glo
acht	ach
Berg	Bersch
neun	nei
Straße	Stroß
zehn	zee
Laugenbrezel	Lachebräzzle

immer wieder

Felder, Wege, ein Gefährt
ein Mädchen blüht
ein Mann begehrt
Reisende zwischen Geburt und Tod
wollen
halten
rasten
ankommen

Menschenrechte

ich verneige mich
vor deinem Schmerz

Menschenrechte

Recht auf Milch
Recht auf Verstehen
Recht auf Sonne
Recht auf Regen
Recht auf Lesen
Recht auf Zeit
Recht auf einen Ball
Recht auf Gehen
Recht auf Bleiben
Recht auf Wachsen
Recht auf Brot
Recht auf Süß und Sauer
Recht auf Viel
Recht auf Wenig
Recht auf Wärme
Recht auf Atmen
Recht auf Singen
Recht auf Frieden
Recht auf Vater
Recht auf Mutter
Recht auf die Anderen
Recht auf Schlafen
Recht auf Vertrauen
Recht auf Teilen
Recht auf Behalten
Recht auf Haut
Recht auf Kraft
Recht auf Kindheit

ZUKUNFT (Akrostichon)

z uerst brauch ich ne

u nterkunft, dann geht`s um die

k osten

u nd

n icht zuletzt um

f reiheit und

t anz

z uerst brauch ich `ne

u nterkunft, dann geht`s um die

k osten

u nd

n icht zuletzt um

f ... und

t urteln

Materie hilft in der Not!

Materie <u>hilft</u> in der Not!

<u>Materie</u> hilft in der Not!

Materie hilft <u>in der</u> Not!

Materie hilft in der <u>Not</u>!

Materie hilft in der Not!

AKTENEINSICHT (Akrostichon)

A lt und modrig in den

K ellern, liegen die Papiere der

T räume, der Trauer. Wie viel

E lan, zu dem

N ein gesagt wurde, wie viel

E hrlichkeit und Wut

I st da enthalten in

N ichtigen Worten, geschrieben in einer

S prache der scheinbaren Sachlichkeit.

I ch aber weine um den

C harme meines Nachbarn, der

H ier hier kein Zuhause fand, zurück geschickt in den

T od seiner Heimat

Frieden

schnell mal Frieden
finden

kommst du mit?

schnell mal Frieden
finden

komm!

muttereuro sagt

ich schenke dir meine pflichten
liebe kann man nicht essen
gib niemals auf
ganz gesund ist nur der tod

Gesetze

warum nur werde ich dieses
Kellergefühl nicht los?
eingesperrt und
nichts als heilige
Schriften zum Naschen
wird man davon denn
satt?

fast dasselbe

Mutter heult
am Bahnhof,
Mutter heult
in der Wohnung.
Mutter heult
im Gefängnis.

fast dasselbe,
aber nur fast.

alte Fesseln,
morsch doch haltbar
Freiheit,
immer noch nicht
erprobt

warum sich täglich
mit der Wahrheit plagen?
wo doch die Lüge
lockt mit süßer Frucht?

Sinn

so ein stress
ich kämpfe allein im finale

mein Wissen

schwankt zwischen vielleicht und falsch
auf diesem nachtweg
in diesem späten sommersumpf
rutsche ich aus und hoffe auf nachsicht

wandel

ich gab dir meine zeit
neugier am anfang
reiten auf der lebenslinie
immer mal wieder den trick wechseln
erfolg
erfolg
erfolg
und jede menge
traditionen

zeitlinien

mein gesetz heißt jetzt
wir drehen die wochen
und warten auf den schreck
herzlich öffnen sich die parallelen

du klopfst an meine grenze
das klingt so grau ...
und ich antworte
kom ma ta
kom ma ta
kom ma ta

wege wagen

bälle liegen auf meinem weg
schön rund und rot
das reicht mir nicht
ich gehe weiter

hurra

sie haben gewonnen
sie dürfen lachen bis zum umfallen
lachen bis zum aufstehen
der lachgewinn ist heute unser hauptgewinn
also machen Sie was draus!

Ziel

ich folge meinen Taten
sie führen mich
irgendwie, irgendwann zu
meinen vergangenen
Scheinzielen

sind vergangen
zum Schein

kurzmoral

schwächlich kommt sie daher und
möchte sich

vielleicht?
irgendwann?
mal?

einbringen.

Psycho

gerade passiert
schon therapiert

begegnung

wir treffen uns an der Grenze
meine schöne Angst und ich

sie ist heute ausnahmsweise mal
depressiv und ich
fresse mein Strickzeug

das ist mir zu kompliziert, sagt sie

kranke Gedanken schmecken nach Zeit,
antworte ich

wir lachen beide und
spielen mit Worten

Geist, geistig, begeistern, geizig
rühren, berühren, rührig, rüstig
leiden, lösen, leisten, beleidigt

hahaha

wer bin ich?

die Gedanken ziehen träge
ihre Kreise
auf vertrauten Bahnen
schieben sich voran
ohne mich zu wecken
und ich warte
dass mich jemand
zum Lachen bringt
damit ich weiß
dass es mich gibt.

spielen

lichtschicken
ins farbige Nichts

buntes Zittern
und schimmerndes Fühlwerk

Träume von wirklicher
Wünschenkunst

alte Schritte
auf hartem Weg

unseren Sieg
feiern

frei

Nein!

brauchen wir unsere
Traumen noch?
diese beschissenen
Angstkreise?
Problempflichten?

Nein!
Nein!
Nein!

flüstern wir leise.

gehversuche

miteinander dagegen
umgehen und vergessen
vergehen und vergeben
geht nicht
geht ja

schlafversuche

von hundert einmal runterzählen
sich hundertmal im schlaf umdrehen
waschen, putzen, hände schrubben
geht nicht
macht nichts

mein Tag

mein Tag begrüßt mich nicht
sondern sträubt sich und
duscht gegen das
Morgenübel

mein Tag schleicht sich
müde davon und
weigert sich dann zu
verschwinden

Herztage sind Freudentage

ich fühle ihn kommen
den Schmerz, den Kummer

noch schläft er friedlich im Glück

doch ehe die Nacht zerrinnt
schwebt er leise in mein Lebenslied
drückt sich schwer
ins Gesagte und ins Verschwiegene

ich verliere meine Ernte
trauert laut der Ballast

der Schlaf vermag es nicht zu erlösen
doch meine späten Dornen haben
Flügel bekommen

neuanfang (Akrostichon)

n och ist kein

e nde in Sicht

u nd der

a nfang lässt

n och auf sich warten.

f alsche

a engste versperren die

n euen

g ärten, noch.

n ackte

e lefanten

u nd

a engstliche

n ilpferde

f angen

a m

n il

g iraffen.

Trostgeflüstersorgenblind

deine Hände lächeln nur für mich
meine Tränen sind noch warm
ein Dieb hat mir die Flucht gestohlen
ich kann ihm keinen Vorwurf machen

ANGST (Akrostichon)

A ber die

N acht hat auch ihr

G utes, die

S terne und das Warten auf den

T ag

LICHT (Akrostichon)

L abyrinthe finde

I ch zum

C otzen, denn sie

H aben keine

T üren!

Haut

sieh, diese Hände,
sie schneiden
lange Narben

Worte schleichen um den Schmerz
wenn ich still bin, verstehe ich

du brauchst Mitleid
du lügst dich schön
ich küsse deinen Zorn

das Wagnis der Ohnmacht
passt nicht mehr
atmet nicht mehr
schon lange

was also nützt eine
billige Heilung?

irgendwann

ich springe und tanze und singe
mein kleines Leben

Ach!
das sind wirklich interessante Sorgen
abhängen und ausweichen
dem Glück misstrauen
am Drama der Alternativen zerbrechen

diese Wunde ist mir echt wichtig!
ich hasse Ausnahmen

Kunst

auf Freude malen wir die Dunkelheit
haben die falsche Farbe gewählt
hatten wohl keine andere?
doch warum einfach
wenn man auch
dunkel gehen kann?

Streit

kleinlich zählt der Sand
seine Einzelheiten

heute

du hast mir die Treue des Windes
geschworen
und dann dein
Versprechen gebrochen
ach du
süßeste aller
Fratzen
ich verzeihe dir

nicht
oder
doch

raum für streit

liebling,
lass uns
unsere illusionen moderieren
und unsere diskussionen sammeln
wir werden schließlich
fürs schimpfen bezahlt

hier
herrscht
vertrauen

doch
In meinen Träumen
spielen wir
frieden
lachenwisseneinfach
und falten
alltagswitze

wir streiten

fließen Tropfen?
ist schwimmen die Aufgabe des Fisches?
haben Wolken Grenzen?
einen samtenen Spiegel gibt es nicht
ich zeige dir mein Hinterzimmer Gesicht
übel reimt sich schnell auf hell
Milchreis ist am Nordpol: weiß
Nein! Nein! Nein!

Wichtig allein: die Welt ist überall, und
die Begeisterung muss irgendwie plätschern und
ein letzter Trick
und ab ins Bett.

der Wille war da

auf beiden Seiten

und meine singende Seite
wollte die Liebe leben
mit dir

das ist wahr
wie Wut!
wie mein
Wunsch zu fallen!
wie mein
zweifelnder Mut!

und doch …

die Wunderrettung
blieb aus

sicher

Rosen jubeln
wenn wir einander
im Buntwind
begegnen

sicher kommt der Tag
an dem die
Planung dem
Blicklicht weicht
und mein Wahrfrei
wieder weiß
was es sehnkrank
machte

Mondschön
schleudere ich dir dann
meine Schattenküsse in den
Eismorgenmund

weiterziehen

wie schön war es
im Wanderhimmel
deinem Kummerblau
deinem Seelenschwarz
schwachzuhelfen

doch jetzt muss ich mich wieder
um das Geld kümmern

Vorsicht Gelb oder
blaue Träume?

ich glaubte an den Schmutz
und habe mir dein Grinsen gestohlen
schön war´s, - schön wär´s

willst du mich mit
Schreien prüfen
mit Schweigen treffen

schuld ist die Tür
wer sonst
und die Straße lügt
wer sonst
die Wand betrügt die Treppe
Mauern fließen und Gardinen weinen ...

nur ein Tropfen Recht ...
Lichthände wringen den Zweifel aus

soll ich fliehen oder halten
ich traue meinen Schritten
und spucke wieder allein in die Nacht

höchste zeit

für eine hochzeit im
zeitlosland im
nimmerwahr und
immer da, weine
ich die
jungferntränen, habe
den brautstrauß nicht
gefangen und der
schleier tanzt ohne
mich nackt auf dem
runden tisch

den zungenkrieg

konnte ich nicht gewinnen
du hast es geschafft mich zu treffen
ich schämte mich in aller Stille

das Ende

meine Seele
klettert in eine Muschel

wer geht voran?

noch singt die Wiese
und der Himmel ist gelb
noch tragt Ihr gemeinsam die Kerze
und der Mond
ist Euch nicht in den Nacken gefallen.

ihr schaut Euch nie an.

unvorstellbar
der letzte Weg.

ich habe dich verpasst

bin deine Witwe
geworden ohne
dich zu kennen
war nicht bei dir
als du starbst in meinen Armen
kannte dich nicht
als du deinen letzten Willen
in mein Ohr rauntest
traf dich nicht
als du die Lippen öffnetest
um mich
ein letztes Mal zu küssen

Raus

krank bin ich
in den Urlaub gestoßen
schneide ich im Hemd meine Tage
ein Blick durch die Wand
Fenstergeschenke
Phantasien

die Hecke wächst und
der Rasen wächst und
das Holz ist feucht und
die alte Haut der Erde
wäre ein warmes, wildes Grab

doch mein später Körper will
raus!
raus!
aus dem trüben Weiß dieses Bettes

einfach nur raus!

Krank

die Nacht mischt sich mit Licht und
rote Flecken schmecken nach Blut

wieder fit?
oder auf der Todestreppe
Glücks-Fall oder
Bindung für eine Stunde
zu frühe Wut oder
pünktliche Ernte

frieren
spazieren
schwarze Ferien

sterbehilfe

als du starbst, hast du ihn
gerufen und er hat dir geantwortet,
ja ich will, will mit dir hinüber gehen,

will mit dir die
Beeren im toten
Garten naschen, denn einen
Wunsch hattest du noch frei

als Königin deiner sich
wandelnden Lust

verloren

wir haben unser Paradies verloren
und müssen erkennen:
die Hölle ist machbar
doch müssen wir dafür
den Himmel hassen?

Leiden schaffen

die Wiese tobt und
du hast mich zum Schimpfen eingeladen
zur gähnenden Langeweile
doch ich habe
uns zerrissen
oh, einsames Weh

Schmerzen entschlüpfen
den letzten, traurigen Vogelnestern

aber du nimmst deine Zeit mit
ins Grab und nur eine Schaufel trennt dich
noch vom Sinn des
Lebens

sterben oder grübeln

warm, hell, sauber
auf harten Stühlen
im Krankenhauscafé.

wie wohl, wie wohl
während Kuchen den Hals stopft
süß und hell
und wir dabei den Kaffee schlürfen
das haben wir uns verdient!

wir sitzen hier
grübeln über das Sterben
draußen scheint die letzte Sommersonne.

macht ja nichts, dass
sie wiederkommt
jetzt stellen wir uns einfach mal vor,
sie scheine für uns ein letztes Mal.

So ist es

Hier ist er begraben ist er begraben
Hier ist er – begraben
Hier begraben
Hier
Hier ist er begraben, hier ist er begraben
Hier ist er – begraben

Dem ist nichts hinzuzufügen
Hier – ist – er – begraben
Nichts hinzuzufügen
Hier – ist – er begraben
Nichts
Hier
Hier ist nichts mehr
Nur ein Grab
Nichts

Ein Grab voller Nichts
Hier war er begraben
Hier ist nichts
Mehr
Nichts

→

Ein Baum hat sich
Genährt von seinem Körper
Der Baum ist
Gewachsen
Hier wächst ein Baum
Ein Baum wächst - ein Baum

Hier wurde ein Baum gefällt
Hier modert Holz - modert Holz
Hier wurde ein Baum gefällt
Ein Baum fiel - ein Baum fiel
Er wurde gefällt
Auf der Erde modert Holz

Ein Baum war gewachsen
Ein Schmetterling
Hat überlebt
Eine Ameise
Hat überlebt
Manche überleben - kurz - überleben manche
Einen Sommer lang im modernden Holz
Haben sie überlebt
Dann wurden sie begraben

So ist es!

Sestine

GRAU SI GER MORD VER DACHT

DACHT GRAU VER SI MORD GER

GER DACHT MORD GRAU SI VER

VER GER SI DACHT GRAU MORD

MORD VER GRAU GER DACHT SI

SI MORD DACHT VER GER GRAU

GRAU SI GER MORD VER DACHT

Trash

die Socken telefonieren mit der Tulpe

Trash I

Alkohol zertrümmert das Gehirn
Deutschland ist das sicherste Land der Welt
CO_2 reduzieren sofort
Bezahlbaren Wohnraum enteignen
Nachtwölfe in Berlin
Löhne hoch
Drogenrazzia
Vermummte Spezialkräfte mit Maschinenpistolen
Flug nach Mallorca abgebrochen
Erst muss Blut fließen
Wenn die Sehnsucht brennt
Akku fast leer
An dieser Kasse gibt es Autogrammkarten
Flower-Power vor drei Tagen veröffentlicht
Über mich hinaus
Wer rudert zurück?
Rette sich wer kann
Rentner und ihre Ängste
Gleich wird es dunkel
Wir haben sie gefragt
Just me, just you
Fuck

Trash II

die Tanne reibt sich am schwarzen Himmel
der Schrank bewegt sich auf und nieder und
der Spiegel öffnet sich weit
ganz weit

Eva hat wieder den Apfel geküsst und
eine Tulpe will endlich auch
mal eindringen
mein Handtuch stöhnt und
Sterne schwitzen

nach dem Erwachen
saugen am feuchten Papier
ich liebe meine Kokosflocken
und knabbere deine Gemeinheiten
eine Kristallschale fällt und
streichelt das Holz.

Kommunikation mit Verrissen

Eins:
Kommt eine Frau zum Papst und
will einen Papagei kaufen
die sind ja ganz gelb sagt die Frau.

Zwei:
Milch, Brot, Eier, Oma gratulieren,
Arzt anrufen, Fragezeichen, Film holen, Hut ab,
alles Liebe, Tampons, Wattestäbchen,
Zeit oder Taz, Putenschnitzel, Tofu.

Drei:
Ich kann dich nicht verlassen,
und wenn ich's täte, tät´s mir das Herz zerreißen
und wenn du der meine wärst,
dann wär´s doch nicht dasselbe.

→

Vier:

In der Kunsthalle wieder dieses Reißgefühl,

ich reiße mir die die Knöpfe vom Mantel,

die Senkel aus den Schuhen,

die Gelenke aus den Pfannen,

die Fäden aus dem Gehirn.

Fünf:

Blau, Gelb, Aubergine, Rot,

Zinnober, Indigo, Ocker.

Sechs:

Was mache ich hier eigentlich,

frage ich die Frau neben mir,

sie hat zwölf Euro Eintritt bezahlt, so wie ich,

sie suchen Zusammenhänge, sagt sie.

Erbsenanker

der Anker ankt, die Erbse erbst
der Tanker tankt, die Kerbe kerbt
die Erbse ankert, der Anker erbst
der Tanker kerzt, die Kerze tankert
anken erbsen
tanken, kerzen
ausgekerzt und angetankt

Unterwelt

Dros ongli
Droers ongi goss todly
Karmaglu, kum schi
Droers ongi, goss todlo
Katulla, goss schon

Alventa, Kalomla
Ku schira, galdo

Ksetura, avelo eh tosh
Ksetura, Kolshente, eh nash

Droers ongi goss todly
Karmagla kum schi
Droers ongi goss todlo
Kutulla goss schoh.

Ballade

der pensionierte Polizist sitzt im Keller im Käfig
und lernt dort brennende Grüße auswendig

sinnvolle Beschäftigung für brennende Polizisten,
pensionierte Grüße auswendig lernen

ist es sinnvoll pensionierte Käfige zu verbrennen,
wenn Polizisten im Keller grüßen

was brennt da im Keller, auswendige Käfige,
grüß mal den Polizisten vor der Pensionierung

vor dem Ausbrennen lass ich mich pensionieren, sagt
der Polizist angesichts der Käfige im Keller, Grüße an alle

das kenn ich auswendig, das Gejammer
der Kellerkäfige, kein Polizist, der sie grüßt

brennend lerne ich im Käfig die Grüße auswendig,
wenn der pensionierte Polizist im Keller singt

der Keller pensioniert den Käfig, der brennt
mal wieder für den grüßenden Polizisten

Tod, Krankheit, Moder

verschimmeltes Brot in der
Blut-Hirn-Schranke
ein Hut, ein Stock, ein Regenschirm
Rot und Schwarz
muss ich noch einkaufen
verdammt wer modert da,
vorwärts, rückwärts, seitwärts, ran
da in der Nebenhöhle,
wo der Bär die Bärin fickt
und
vorwärts, rückwärts, seitwärts, ran
und
auf dem Papier
stirbt ein Gedanke

Bodo Ballermann

Bodo hat seine Baseballkappe bei Karstadt geklaut
leider hat er nicht auf die Farbe geachtet.
deshalb sieht er jetzt so Scheiße aus.

Bodo wär´ gerne Student geworden
er denkt, dass das der richtige Beruf für ihn sei,
immerhin hat er es mit der Linie Sechs bis
zum Campus geschafft.

Bodo steht bei Kackstadt in der Lampenabteilung
er mag es, wenn es hell ist.
„Kann ich Ihnen helfen?" fragt der Verkäufer.

Bodo trinkt ne Cola light
Davon wird man ja nicht breit

Bodo aus Brem´ der wählt hundertzehn
denn er will blaue Lichter sehn
auch steht er total auf Sireeeen
„Ach ist das scheeen, ach ist das scheeen."
sagt er zu Rosi seiner Queeeen

warten

... darauf, dass die Nähmaschine endlich
kaputt geht, damit ich die Sachen zum
Schneider an der Ecke bringen kann.

... darauf, dass mein Rad endlich
geklaut wird, damit ich mir ein neues klauen kann.

... darauf, dass der Hase endlich aus dem Loch
kriecht, damit ich mir einen Braten schießen kann.

... darauf, dass die Gesetze sich ändern,
damit ich aus dem Gefängnis entlassen werde.

... darauf, dass die Züge Verspätung haben,
damit die Zugbindung aufgehoben wird.

.... auf den Sperrmüll, der die alte Nähmaschine
abholt. Da kommt er.

wie konntest du so etwas tun?
jammern meine Ahnen.

dem kann ich mich nicht verschließen,
werde es wohl lernen müssen.

Aaaaaaa

Am Anfang
Hackt Axt Hand ab
Dann hackt Axt Arm ab
Dann Kackt Arsch ab
Aha

Eeeeeeee

Der Esel Bremens
Weh, Weh, Weh
Des Elends Ende
Klee, Klee, Klee

Schluss

jetzt stocke ich meinen Teppich
mit Büchern auf

Danke

Ich danke von Herzen allen meinen Lektorinnen und Lektoren für ihr genaues Lesen und Engagement. So manchen Tipp habe ich umgesetzt und so manchen Fehler korrigiert.

Ganz besonders danke ich den Dichterinnen Anke Fischer, Birgit Beschorner, Carmen, Frauke, Irene Rodewald, Olga Konovalova, Inge, Pouneh Rassuli, Silvia Illing, Sinje und Sophie Precht.

Ich danke von Herzen meinen SchreiblehrerInnen:

Anke Fischer, die mir die Tür zu den Bremer Museen eröffnete und mich mit ihrer Begeisterung immer wieder motiviert.

Ulrike Marie Hille, die mir feinfühlig und engagiert vermittelt hat, dass Lyrik und Prosa sich an Formen binden können.

Otmar Leist, den ich zu seinen Lebzeiten viele Jahre als Leiter des Literatreff im Café Wienerhof erleben durfte.

Ich bedanke mich von Herzen bei allen Gruppen, in denen ich geschrieben oder über Texte gesprochen habe:

Ich danke meiner Frauenschreibgruppe poeSIE für viele nahe, kulinarische, kreative, inspirierende und konstruktive Stunden.

Ich danke dem Bremer Literatreff und den ganz besonderen Menschen, den Autorinnen und Autoren, die mir das Gefühl geben, zu einer Gemeinschaft zu gehören.

Ich danke der Lyrikerin Renate Meckel, die mir vor ihrem Tod das Versprechen abgenommen hat, meine Gedichte zu veröffentlichen.

Ich danke Gerd für seine Geduld und dafür, dass er mir immer wieder Mut gemacht hat, diesen Weg zu gehen.

nichts hilft nichts (Nachwort)

Da es sehr förderlich für die Gesundheit ist, habe ich beschlossen glücklich zu sein. Voltaire.

Da es sehr förderlich für die Gesundheit ist, habe ich beschlossen glücklich zu sein. Voltaire.

Da es sehr förderlich für die Gesundheit ist, habe ich beschlossen glücklich zu sein. Voltaire.

Da es sehr fröhlich für die Gesundheit ist, habe ich geschlossen, rücklich zu sein, zu schein. Da es schwer förderlich für die Gutheit ist, habe ich geschlossen zu sein.

Da es sehr fröhlich für die Gemeinschaft ist, habe ich die Gesundheit beschlossen. Da es schrecklich ist, gemein zu sein, habe ich das Glück erfröhlicht. Da die Gemeinheit nicht gesund ist, bin ich lieber fröhlich und frücklich.

Da das Glück fröhlich grinst, habe ich die Freiheit auch beschlossen. Da ich aufgeschlossen bin, habe ich mich entschlossen, nichts mehr aufzuschieben.

Da die Gesundheit das höchste Gut ist, habe ich mich entschlossen aufzusteigen und es mir zu pflücken, glücken.

Da das Glück und die Gesundheit voneinander abhängen, habe ich entschlossen mich aufzudrängen.

Da ich mich entschlossen habe, habe ich mich entschlossen zu beschließen, da ich mich beschließen muss, will ich mich auch bescheiden.

Da Bescheidenheit eine Zier ist, will ich mich damit schmücken, denn das Glück wächst nicht auf Bäumen, oder doch?

Da ich sowieso nicht hochkomme, habe ich mich entschlossen unten zu bleiben.

Da es gesünder ist, habe ich mich für das Glück entschieden. Da es gesünder ist, glücklich zu bleiben, habe ich mich entschlossen förderlich zu sein.

Da es sehr förderlich für die Gesundheit ist, habe ich beschlossen glücklich zu sein. Voltaire.

Antje Aber

Zeitfracht Medien GmbH
Ferdinand-Jühlke-Straße 7
99095 Erfurt, Deutschland
produktsicherheit@kolibri360.de